Damit dein Hund gähnt

Für

Frau Gertrude Schubart

Herzlichst

Umschlaggestaltung, Illustrationen und Lesezeichen
von Josef Trattner

Verlag: LIBRARIUS-VERLAG, Wien 2002
ISBN: 3-85007-018-2

Werner Vogel

Damit dein Hund gähnt

(Gedichte)

Librarius Verlag

Ansichtssachen

[redacted]

die Lieblingszahl.

Um zu leben

Geboren
mit einer Natter
um den Hals
und einer Eule
im Kopf.
Aufgewachsen
um zu leben
in Erwartung
des Todes.
Gealtert
in endlosen Sekunden
und zerstobenen Tagen.
Vermählt
mit der Gebrechlichkeit
von Dingen
und von Worten.
Gelernt
zu lieben,
mit einer Natter
um den Hals,
einer Eule
im Kopf
und in Erwartung
des Todes.

Von einem

Im Nähkästchen
seiner Großmutter
sucht immer noch
nach Wundern
im Zeitalter
ganz offenbarer Sensationen
ein hoffnungsloser
Glückspilz.

Pinguin geblieben

Nie wirklich
aus der Steißlage
befreit,
gefesselt abwechselnd
von
Nabelschnur und
Taufkette und
Ehering und
Uhrband und
Erkennungsmarke,
zumeist von allen
auch zugleich.
Gar nicht gestutzt
die Flügel,
das tat
nicht Not,
einfach
ein Pinguin
geblieben.

Perspektiven

Früher war alles
groß und wichtig,
nur ich selbst war klein und unbedeutend.

Heute ist es
umgekehrt.
Ich schäme mich
dafür.

Kindheitstraumata

Ich hatte
eine derart glückliche Kindheit,
dass ich
zwei Traumata davontrug:

Erstens
will ich nie
erwachsen werden.
(Schlimm, schlimm!)

Und zweitens
wünsche ich
(schlimmer wohl noch!)
allen anderen Kindern
fanatisch
das gleiche Schicksal.

Meine vier Weltrekorde

Als ich geboren wurde,
war ich für kurze Zeit
der jüngste Mensch
der Welt.

Als ich sie küsste,
war ich für kurze Zeit
der glücklichste Mensch
der Welt.

Im Augenblick meines Todes
werde ich für kurze Zeit
das aktuellste Opfer sein.

Schreibe ich hier den Satz
"Harkomiraltolinolum si buk!",
so bin ich der Einzige,
der dies je tut.

Zwischenstand

Hab' die Menschen betrachtet
und die Sprache geliebt
und die Spiele gespielt,
die man spielte.
Hab' vieles gekostet
und manches versäumt.

Hab' nicht viel bewirkt,
hab' fast nichts verdorben.

Metamorphosen

Heitere Kindheit,
nachdenkliche Jugend,
zynisches Alter ...

na super,
Gratulation!

Autobiograph

Ohne Wenn und Aber
der ganze Trubel
auf den Punkt gebracht:
.

Mag sein,
der Kreis,
so klein er ist,
monströs perfekt.

Mag sein
auch nur
ein Fliegendreck.

Der Mühe wert
in jedem
Fall.

Dichter

Bin meines Zeichens
ich
und Schrift- und Fallensteller
und tappe ständig
selbst hinein
in all die
Gruben
mit den Spitzen,
im Grunde
meiner Seele
eine Witzfigur.

Aus des Dichters Tagebuch

Gedichtausstoß momentan:
drei bis vier Stück
pro Tag,
Minimum!

Ganz erstaunlich,
Teufel auch!

Mögliche Erklärungen
des Phänomens

erstens:
tragischer Schicksalsschlag,
kurz bevorstehend,
intuitiv erkannt,
„letztes Aufzucken“ quasi,
unbewusst;

zweitens:
endlich doch
von Muse geküsst,
knapp vor dem
Zahnausfall;

drittens:
viel zu lange verkanntes Genie
bricht nun wortstark
hervor
und das noble Schweigen;

viertens:
literarische Inflation
tief in mir,
all die Gedichte
ganz einfach
pottschlecht.

An diesem Tisch

Damals stand
ein junger Mann,
wohl ich,
mit irgendeiner Liebe
fest im Arm
und überblickte stolz
das Land,
sein Land,
und schwor,
was er nicht halten konnte,
woran er heute sich
an diesem Tisch,
an diesem Tag
nicht einmal mehr
so ganz genau
erinnern kann,
schwor es
aus tiefster Seele
jener Frau und allen.

Jetzt sitzt er da,
viel stärker zwar,
doch manchmal so verloren,
und überblickt
gerade noch
das Niemandsland
der nächsten leeren Zeilen.
So viele Worte
sind gefallen,
und ihm fällt ein:

Fremder
kann man nicht werden,
man wird so
geboren.

Mein Problem

Wie noch
schreiben?

Als donnernder Prophet
des Untergangs,
den ohnehin
schon jeder sieht,
der über Hirn und Mut
genug verfügt,
die Augen weit zu öffnen?

Oder als
gütiger Moralapostel,
dem niemand,
nicht einmal er selbst,
mehr Glauben schenken kann
in einer betonierten Welt
bar jeder Güte und Moral?

Oder als
eleganter Zyniker,
verhöhnend die,
die da – zu feige und zu dumm –
Zufriedenheit noch suchen
am Rande des Abgrunds?

Wie noch
schreiben also,
wo jedes Wort
bereits Versündigung?

Zornig, milde, arrogant?
Augenzwinkernd, schulterklopfend,
stirnerunzelnd?

Ein sinnloser Chronist
des tausendfach bereits Gespeicherten,
ein engagierter Rufer
in der von engagierten Rufern
überfüllten Wüste?

Das bleibt
die Frage.

Heißt die Antwort
wirklich schweigen
schon?

Protokoll

Unter staunenden Höhlenmenschen
Klavier gespielt:
zwei, drei Sonaten bloß
zu Beginn,

sodann:
zwischen gierigen Kannibalen
vegetarisch diniert
am eiskalten Buffet,

weiters:
mit blutjungen Henkersknechten
dynamisch Konversation betrieben,
dies und das
ganz konkret
aus dem Mund
nehmen lassen
und aufgestoßen einmal:
„Oh, Pardon!“,

ein wenig
die Kunstproblematik angerissen
im Allgemeinen,
zusammen mit:
einigen älteren Scharfrichtern,

über moderne Literatur
im Speziellen geplaudert
mit:
zutiefst interessierten Inquisitoren

und zu guter Letzt:
mit dem Tod persönlich
in der Türmerstube
zu St. Stephan

grölend vor Lachen
gekegelt
auf Teufel komm raus
um:
Mitternacht.

Man fand mich:
sympathisch,
man lud mich ein:
auch zur nächsten Party.

Was ich kann

Im Schweiße meines Angesichts
und hustend
Beton anrühren,
Mauern errichten,
Zäune ziehen
und dabei
Flüche zischend
Nägel und Fingernägel
einschlagen

oder

mit rauchendem Kopf
und schwitzend
Zahlenreihen addieren,
Soll und Haben relativieren,
Zinseszinsen optimieren
und dabei
Flüche zischend
Gewinne und Zeit
abschreiben

oder

die letzten Haare raufend
und kurzsichtig
alte Schmöker durchackern,
Theorien verwerfen,
Thesen und Antithesen verschmelzen
und dabei
Flüche zischend
statt Synthesen Hüftprothesen
erhalten,

das alles
kann ich nicht.

Ich kann aber
hustend und schwitzend und kurzsichtig
recht witzig
darüber schreiben.

Status quo

Der Teufelspakt ist längst geschlossen,
der Schierlingsbecher wird serviert,
die echten Tränen sind vergossen,
es lacht sich ziemlich ungeniert.

Woodstock verloren

Das Bedürfnis,
die Welt zu verändern,
lässt nach
jeden Tag.
Ich hab' schon
die Beatles
und Woodstock
verloren,
so wie
jeder zuvor.
Die Welt
hat gewonnen,
mit all ihren
Tricks,
mit all ihrer
Zeit.

Sie hat
ohne Aufsehen,
ganz ohne
Skandal,
einfach mich
verändert
im Vorübergehn.

Ansichtssachen

Interessant:

Während
mir der Boden unter den Füßen wegkippte,
ich schreiend abrutschte
und das Kartenhaus um mich herum,
das ich für die Welt gehalten hatte,
lautlos wie alle Kartenhäuser
zusammenstürzte,
meinten die,
die gerade nicht wankten,
aus sicherer Entfernung,
es sei doch alles bloß
Ansichtssache.

Die anderen
waren mit den eigenen Stürzen
völlig ausgelastet.

Also fiel ich
allein.

Noch zu haben mit sechsunddreißig

Wen kratzt
mein Tag,
wen juckt
mein Abend?

Zähle sechsunddreißig
Lenze,
fresse Fleisch
und klaube Worte,
bin militanter
Asthmatiker.

Wem fällt
bei meinem Anblick
spontan
das Wörtchen „Liebe“ ein?

Pi-Halbe

Wie oft
zum Augenblick gesagt:
Verweile!
Und doch:
Kein Teufel greift
nach deiner Seele,
kein Engel lindert
deine Qual.
Weiß bleibt
die Karte deines Lebens,
Pi in der Summe
doch die Zahl.

Die lieben Fremden alle,
Vater, Mutter,
Gattin und Gemahl,
sie reichen dir
zum Abschiedsgruß
stumm lächelnd ihre Hände.
Weiß ihre Haut,
du hast's gewusst.
Pi und die Liebe
sind unendlich
und daher niemals
groß genug.
Dir schmecken
alle Küsse
schal.

Das weite Land,
du hast's
mit leichtem Schritt
durchmessen
von Ost nach West –

kein Ort,
und sei er noch so schön,
lädt ein
ein zweites Mal.
Die Reise findet hier
kein Ende.
Wie oft
zum Augenblick gesagt:
Verweile!
Und doch:
Weiß bleibt
die Lieblingsfarbe
und Pi
die Lieblingszahl.

Überlebenshaiku

Nein, noch nicht genug
gesehen, gehört, gespürt.
Nie, niemals genug!

Huckepack

Huckepack
trag' ich
mein Leben spazieren.
Stolz zeig' ich ihm
die Landschaft ringsum,
strahlend schön zumeist,
genannt „meine Welt“.

Schützend
halt' ich
die Hand vors Gesicht
meinem Leben,
wenn der Tod
manchmal lautlos
vorbeigaloppiert.

Staunend immer,
immer öfter froh
trag' ich es
huckepack,
mein kleines Leben,
mein leichtes Kreuz.

Es muss nicht lernen
am Boden zu bleiben,
auf eigenen wackligen
Beinen zu stehen.
Es wird getragen,
huckepack,
es wird kein Roman,
nur ein Kinderlied sein.

Im Park gegenüber und ...

Ich hab' unlängst
von Leuten wie mir
gehört!
Es wurde
getuschelt
hinter der Hand,
im U-Bahn-Waggon
und im
Hallenbad.
Man konnte nur
schütteln und zucken und runzeln
die Köpfe, die Achseln, die Stirnen,
jeder für sich.
Es wurde gemunkelt
mit gesenktem Kopf,
im Einkaufszentrum
und im
Megastau,
dass es solche
gäbe, tatsächlich,
wie mich.

Bleibt nur
zu hoffen,
à la longue,
dass ich mir
niemals begegne!

Winter mit mir

Lautlos streicht die Vergänglichkeit
durch kahle, alte Alleen.
Die Bäume hoffen,
dass es bald schneit.
Geduldig bleiben sie stehen.
Die Erlösung möglicherweise nicht weit –
hat sie schon jemand gesehen?

Meine schwarzen Freunde, die Krähen,
haben Angst vor dem ersten Schnee,
vor der Kälte, vor Hunger, vor Hunden,
vor mir,
das Leben tut ihnen weh.
Das spüre ich,
wenn ich da gehe,
auf dem zugefrorenen See.

„Grüß Gott!", schweigt die erste Flocke,
„Wo ist mein Platz in der Welt?"
Sie hängt's an die kleine Glocke,
fällt langsam, aber sie fällt.
Es wird kalt auf dem Ast,
wo ich hocke,
und mein Hund
wird unruhig und bellt.

Das Rauschen der Welt
wird noch leiser hier,
gedämpft jeder Glockenschlag.
Gedanken flüstern weise mit mir,
auch solche, die ich sonst nicht mag.
Und mein Hund bellt sich traurig heiser,
und die Zeit drängt zum Jüngsten Tag.

Gerade

„Energisch sein!“,
sagte jemand zu mir.
„Energisch sein,
und steh’ gerade!“

Ich setzte mich
und schrieb.

Letzter Wunsch

Möchte, ehe ich sterbe,
jeden Grashalm berührt,
jeden Berg bestiegen,
jedes Tal durchwandert,
jedes Meer überquert,
jeden Regentropfen
auf meiner Haut gespürt,
jedes Spiel gespielt,
jedes Buch gelesen,
jede Frucht gekostet,
jedes Tier gesehen,
jeden Menschen gesprochen
und alle geliebt haben.

Dann erst
bin ich bereit.

Zur Lage der Nation

Als es geschah

Als der mächtige Julius Cäsar
unter den wirren Messerstichen der Verschwörer
noch einmal Brutus anröchelte,
als in all dem dunklen Qualm
des Scheiterhaufens
die Reste des Körpers
des Jan Hus
gar nicht mehr sichtbar waren,
als der Schädel
der stolzen Marie Antoinette
im vorbereiteten Korb
sanft ausschaukelte,
als Johann Wolfgang von Goethe,
der wortgewaltige Mann,
nur noch undeutlich „Mehr Licht!" murmelte,
als einer
aus der kleinen Gruppe von Walfängern
seine Freunde auf den Arm
des Ballonfahrers Andrä
aufmerksam machte,
der wie ein Wegweiser
in kalte Finsternis
aus dem ewigen Eis ragte,
als die Kugel aus dem Hinterhalt
den zuvor millionenfach fotografierten Kopf
des soeben noch strahlenden Präsidenten John F. Kennedy
mühelos durchschlug,
als die Raumfähre Challenger
sich mitsamt ihrer Besatzung
dem jubelnden Publikum zum Trotz
in ein zischendes Feuerwerk verwandelte,
als Ayrton Sennas
schnittiger Bolide
seine letzte Kurve verweigerte

und krachend an irgendeiner
Mauer zerschellte,
da spürten alle Anwesenden
für einige Sekunden,
wie wertvoll doch das Leben ist
und wie verwundbar doch der Mensch.

Dann
vergaßen sie es wieder.

Deshalb können wir
alles erreichen.
Deshalb erreichen wir
nichts.

Zur Lage der Nation

Zum Aufbruch mahnt
die sternenklare Nacht.
Wer nicht verwurzelt ist
in diesem Boden,
gefroren hart,
der möge weiterziehen bald,
so weit die Kraft
ihn trägt.
Wen aber Liebe hält
im Lande der begrenzten Möglichkeiten,
der sollte Brennholz sammeln
und seine Fenster schließen
und seine Freunde
kennen.

Ein Sturm zieht auf
aus Kälte
und aus Einsamkeit.
Die Augen vieler
lächeln nur verlegen.
Sei deiner Sache sicher,
wenn dann
die Wolken kommen,
sei deiner Sache sicher,
wenn dann
der Morgen graut!

Im Ernstfall

Hinaus lief
ein Clown
mit Schaumstoffnase.
Lächerlich
fuchtelte er
mit den Armen
und schrie:

„Heidudido,
so seid doch vernünftig,
ihr da drüben!“

Ihn
schossen sie zuerst
aus seinen
viel zu großen
schwarzen Schuhen.

Zappeln im Einkaufsnetz
(Ein Frühstück am 12. September 2001)

Und es war doch
kein Traum.

Auch diesmal nicht
der Weiße Hai,
sondern der Mensch,
die Geißel
der Bakterien!

Sterne streifen gebannt,
Kaffee bleibt schwarz
mit Zeitverschiebung.
Diese Wolke kratzt gewaltig
unter der Milchhaut.
Kein Stein bleibt
auf dem anderen.

Zeug fliegt eben tiefer
als Ideen.

Gefüttert mit zu wenig
Brot und Information.
Halbmast also.
Folglich wie bisher
in jedem Kanal
die gleiche unverdaute Brühe.
Analysen offensichtlich
viel zu spät für die,
die für uns stürzen
aus Stockwerk Nummer 93
des Turms von Babylon.

Sicher, Schweigen
wäre angebracht,
doch Räuspern überwiegt.

Kein Auge
wird mehr zugedrückt.
Staub zu Staub.
Die Seele brennt
wie Zunder.
Wo nur
ist der Honig?

Die Börse,
hört man aus der Ferne,
spekuliere
mit Zusperren.

Bauchladenschluss.

Politisches Kleingeld,
hört man aus der Nähe,
dürfe daraus
niemand schlagen.
Jetzt zählt nur noch
der große Schein.

Und Solidarität natürlich!
Ein Toast
wird ausgebracht.
Es riecht verkohlt.

Dann wird
der Krieg erklärt,
aber keiner
versteht ihn
so ganz.

Sinnfrage

Hab und Gut
kämpfen endlich wieder
gut und gerne
gegen Böse.
Gut so!
Was soll da
nicht gut gehen?
In gutem Glauben
wird gehandelt.
Lasst also gut
sein!

Kurzes Gebet zu Kriegsbeginn
(nach Osten zu sprechen)

Die Gemeinschaft der Eiligen

bittet inständig um

die Vergebung von Pfründen,
die Auferstehung der Moneten,
die Stundung des Todes
und das ewige Streben,

Afghanen!

Über uns nur

Sicher!

Da unten
schreit jetzt wer.
Weit entfernt
schießt Rauch wie Unkraut
aus der entweihten Erde.
Die Maschine dreht schon
jubelnd ab.

Above us only
sky!

Überzulaufen droht
der Magen bloß.
No hell
below us …

Sicher!

Da hinten
schreit jetzt wer:

„Treffer!“

Alles Gute

Am trostlosen Gipfel
des dampfenden Müllbergs,

zwischen geplatzten Autoreifen,
verrosteten Monturen,
zerbrochenen Träumen,

da
landet
federleicht
ein Zitronenfalter
und winkt
sanft
ab.

IV Träume im Jahr 2000

Traum Nummer I (in der Nacht vom 16. auf den 17. Januar):

Plötzlich stand ich da,
an jenem hellen Ort,
wo die Unendlichkeit
und all das Periodische
doch enden,
wo Parallelen
sich tatsächlich treffen,
und einer flüsterte von hinten
die letzte Dezimale der Zahl Pi
mir feierlich ins rechte Ohr.
Ich wusste nicht,
wozu dies gut sei,
und war doch glücklich,
so furchtbar glücklich,
dass ich schreien wollte,
genau wie damals,
nach all den
glimpflich absolvierten
Mathe-Schularbeiten.

(Als ich erwachte,
hörte ich
den Klang noch
meiner Stimme:
„Null!")

Traum Nummer II (in der Nacht vom 5. auf den 6. März):

Ich saß
gemütlich im Kaffeehaus,
zusammen mit ...
dem Bundeskanzler!
Der Staatschef nippte
flüchtig nur
an seiner Tasse,
sah auf zu mir
und sagte ernst:
„Gut, Werner,
ich bin froh,
dass du uns helfen willst ...
komm, geh'n wir's an!"
Und ich war stolz
und merkte deutlich:
Hier herrschte
dringender Handlungsbedarf!
Also rief ich
die Kellnerin her
und befahl ihr streng:
„Zweimal Mohr im Hemd
mit besonders viel Schlag,
aber flott,
wenn ich bitten darf!"

Traum Nummer III (in der Nacht vom 23. auf den 24. April):

Im Lesesaal der Bibliothek
der Universität
hockte ich krumm
und war vertieft,
ja schon versunken
ganz und gar
in Brecht,
während die andren ringsherum
(im Traume wusste ich's)
in ihrem Goethe blätterten.
Da polterte
ein Bibliotheksorgan
heran
und forderte mich unwirsch auf,
den Saal nun
schnurstracks
zu verlassen,
weil ich
die Leseordnung zu beachten
ganz offenbar
gewillt nicht sei.
Ein wenig zaghaft erst,
dann etwas lauter
hielt ich
dem Mann in Uniform
entgegen:
„Wir leben doch
in einem freien Land,
in dem es legitim sein muss,
die Werke Brechts,
so kritisch sie denn
seien mögen,

zu jeder Zeit
hier zu erhalten,
sie ungestört hier
zu studieren!“
Der Aufseher
sah mich
gelangweilt an
(mag sein,
ein wenig mitleidig)
und sprach:
„Was immer
du da liest,
du Träumer,
ist uns egal,
uns stört die Art,
wie du es tust!“

Traum Nummer IV (in der Nacht vom 7. auf den 8. Juli):

Fußball-WM-Finale war
im Mailänder
San Siro Stadion,
das grandiose Endspiel hieß,
wie anders zu erwarten
es freilich nicht gewesen war,
jetzt Österreich : El Salvador
(vor 75 000 Fans).
Null zu null,
das war
der Spielstand
in Minute 82,
der Ball jedoch,
er lag ...
auf dem Elfmeterpunkt,
und ich lief an!
Doch ich schoss nicht,
nein, weit gefehlt,
ich nahm das Leder auf,
ich dribbelte mich
flink zurück,
quer durch die Reihen
der vor Schreck
zu Salzsäulen erstarrten
Mannschaftskameraden,
versenkte dann
mit sattem Schuss
die Kugel gut gezielt
im eigenen Gehäuse,
vorbei am tatenlosen Torwart.

Stolz riss ich
meine Arme hoch
und rief
ins nun mucksmäuschenstille
Publikum:
„Du sollst
die Gegner lieben!"
Ich war so überrascht
von dem Protestgebrüll,
mit dem die Leute
meinen Austausch
wütend forderten,
dass ich sofort
erwachte.

Drei Versuche

Erster Versuch:
Konzentration,
„Ich bin stark und gut
und schaffe es!“,
zischendes Ausatmen,
langsames Einatmen
und dann ...
volle Power!
Stöhnen im Publikum,
Kopfschütteln,
Applaus und Verneigung.

Pause.

Zweiter Versuch:
Konzentration,
„Ich bin stark und gut
und schaffe es!“,
hörbares Ausatmen,
kräftiges Einatmen
und dann ...
volle Power!
Stöhnen im Publikum,
Kopfschütteln,
Applaus und Verneigung.

Pause.

Dritter Versuch:
Konzentration,
„Ich bin stark und gut
und schaffe es!“,
pausbäckiges Ausatmen,
entschlossenes Einatmen
und dann ...

volle Power!
Stöhnen im Publikum,
Kopfschütteln,
Applaus, Verneigung
und ab in die Dusche!

Ende der Veranstaltung.

Sportbericht

Der Boxer
boxt
dem Kontrahenten
in Runde 3
gekonnt ein Auge aus.
Der dort in Reihe 7
fängt es auf
und lässt's
vom Champion der letzten Jahre
mit Widmung dann
beim Imbissstand
signieren
und weint

vor Glück.

Tour de France, täglich live

Geduckt
getreten,

geknickt
geschwitzt,

gebückt
gedrückt,

gedrungen
gerungen,

gefaltet
gefightet,

gebogen
gequält,

gekrümmt
gewonnen.

Hic et nunc*

Vor lauter Schlagobers
kein Kaffee,
vor lauter Schlagzeug
keine Melodie,
vor lauter Schlaglöchern
keine Straße,
vor lauter Schlagbäumen
keine Grenze,
vor lauter Schlagringen
kein Ehering,
vor lauter Schlaglichtern
keine Schattierung,
vor lauter Schlagfertigkeit
keine Antwort,
vor lauter Schlagzeilen
kein Artikel,
vor lauter Schlagadern
kein Blutdruck,
vor lauter Schlaganfällen
kein Ruhepuls,

vor lauter Schlagwörtern
kein Satz!

*„Hic et nunc", lateinisch, heute in Gymnasien oft frei übersetzt mit: „Schluckauf, na und?"; in dieser Bedeutung jedoch äußerst fraglich; aber:
1.) Wen fragen, da echt antike Römer bereits ausgestorben und Lateinlehrer fast?
2.) Wen interessiert's überhaupt?

Liebes Tagebuch

Montag, 20 Uhr 15,
Horrorstreifen gesehen:
Monströse Außerirdische
in perfekten Masken
unterwandern Menschheit,
zerstören emotionslos
jede Kultur.

Dienstag, 7 Uhr 24,
auf der Tangente:
aufkeimender Verdacht.

Mittwoch, 13 Uhr 37,
im Büro:
beginnende Sorge.

Freitag, 23 Uhr 56,
im Stammlokal:
traurige Gewissheit.
Es war ein Dokumentarfilm!

Klärende Worte

Liebe Bürger, liebe Innen!

(Gespanntes Schweigen)

Seien wir uns doch einander,
nicht wahr,
einmal ehrlich:
Ständiges Abwägen
stört letztendlich nur
das innere Gleichgewicht, oder?

(Applaus)

Argumente? ... Ja, sicherlich!
Diskussionen? ... Ja, wem's Spaß macht!
Abweichen von unserem Weg? ... Nein, keinen Dezimeter!
Und unser Weg ist, nicht wahr,
schließlich unser Ziel!

(Applaus, lauter)

Alles auf die Waagschale werfen, natürlich,
aber diese ominöse Waagschale muss,
liebe, nicht wahr, Freunde,
auf einem festen Fundamente stehen!

(Applaus, wesentlich lauter)

Eines ist ja sonnenklar:
Wer eindimensional denkt,
kann die Dinge viel besser
auf den Punkt bringen.
Das verstehen dann auch die,
die gar nicht, nicht wahr, denken,
also fast
alle.

(Applaus, tosend)

Wer in mehrere Richtungen denkt,
ist jedoch, ohne Frage,
auch sehr nützlich für die
Gemein-
beziehungsweise Gesellschaft:
als abschreckendes Beispiel,
als wirklich exorbitantes Kunsttalent,
in den meisten Fällen aber
als Taxifahrer.

(Applaus, gemischt mit Buhrufen)

Nana, Freunde, fair bleiben:
Wir brauchen diese Leute allemal,
zumindest dann,
wenn wir ein Achterl zu viel
erwischt haben!
In diesem Sinne:
Prost, zum Wohl, nicht wahr!

(Auf gestärkten Schultern hinausreiten)

Darwin für Anfänger

Hurtig, hilfreich
und folgerichtig
verwandelt
die *Evolution*
in stürmischen Zeiten
die ohnehin bereits Angepassten,
die keinem Gegenwind
die Stirne bieten wollen,
in aerodynamisch noch günstigere
Flachköpfe.

Die *Revolution* hingegen
verwandelt
die anderen
flugs
in Kopflose.

Orwells blankes Entsetzen, posthum

„Oh nein, schrecklich,
das konnt' ich nicht ahnen ...
es gefällt euch
sogar!"

Die ganze nackte Wahrheit über die erste Mondlandung

Als Armstrong von der Sprosse sprang
und weltweit schon sein Satz erklang:
„Fürwahr, es ist ein kleiner Schritt ...“,
da blieb im Text er nicht bloß stecken,
nein, schlimmer noch, er selbst versank
beim nächsten zappeligen Tritt
von dieser gottvermaledeiten Leiter
in einem Mondestreibstaubbecken,
wohl bis zum Mars, vielleicht auch weiter.
Der Präsident im Pentagon
war darob nicht gerade heiter.
Neils Rolle hat („Den kennt man schon!“)
zum Glück John Wayne gleich übernommen –
und dafür auch als Heldenlohn
in seinen Atemluftholtank
‘ne Überlebensration
an Kautabak bekommen.

Bei Trost sein

Wenn du denkst,
es geht nicht mehr,
kommt irgendwo
noch mehr
daher!

Gesetz unserer Wildnis

Das Einzige,
was nicht erlaubt ist:
daran zu zweifeln,
dass alles erlaubt sei.

Dunkel ins Dunkel

Gleichgültigkeit
benefizt um die Welt
und die Wette.

Da bleibt kein Auge
feucht,
sobald der Vorhang fällt.

Beim Buffet danach
zeigt man sich
in Bezug
aufs Lachsfilet
erstaunlich solidarisch.

Ich bin drin!

Der Zug der Zeit:
einfahren ins Internet,
um dort
am Wissen der Welt
zu verrecken.
Etwas ungepflegte Konversation
betreiben, anonym,
ersticken am
Wortschwall
der Einsamkeit.
Zeit und Lust und Laune
verschwenden
an und für sich.
Eingefahren!
Die Parole
längst klar:
„Geld will es!“

Wow!

Alles gebongt,
verschärft voll cool,
wir chillen funky,
sind megakrass
und ätzend gut drauf.
Alles echt easy,
Eastcoast und Westcoast
so unglaublich locker,
und der Untergang,
dieser geile Crash,
wird … hey,
give me five, Bruder! …
ein fetter
Quoten-Heuler!

Allerorts Lachsalven

Zuviel Schreckliches gesehen,
unmöglich zu vergessen.
Verdrängen freilich
ist gestattet –
die Gier nach Lachen
ist zur Sucht geworden.

Nun muss er her,
der Stoff,
um jeden Preis!

Im Dschungel der Tatsachen

Geierschnäbelgeklapper,
Hyänengelächter,
Heuschreckenwolken
am Horizont,
nach Richtung suchend
in der Flaute
wie Termiten
nach Häusern aus Holz.

Beißender Aasgeruch
verwesender Gedanken ...
auf sie und Worte und Werke
niemals Verlass
in dieser Wildnis.
Kein Hahn kräht da
nach irgendwas.

Am Klapperschlangenpfad
die Spuren verwischen
auf der Flucht.
Null Bock
auf Krokodilstränen
verständnisvoller Menschenfresser
nach dem Menü

und sicher,
aber ganz sicher
keine Zeit
für Lyrik!

Am Anfang und am Ende

Die Birnen
weichgekocht
in hauseigenen
Schwitz- und Narrenkästen,
die Hände
fest gebunden
von tausend
un- und umgeschriebenen
Gesetzen,
ein Angstschrei
lügt auf jeder Zunge,
der einzig rote Faden
lebenslänglich der,
dass man ihn sucht,
die Liebesmüh'
verloren
so wie die Unschuld hier
auf dieser Insel
der Unseligen,
stets auf dem Wege
nach dem gedopten Land,
die Herzen schwer,
die Zungen leicht,
so leicht,
dem Reinerlöser
hinterher
in flotter, böser
Treibjagd
mit lautem
Halali,
im einbeinigen Dauerlauf
auf Granulat
mit einem Rollschuh
unten dran,

der quietscht,
und

dennoch glücklich lächelnd,
irgendwie,
weil man ja doch
nicht tiefer fallen kann
als bis zum Anfang
und zum Ende
all der Schwerkraft.

Für den Sammler

Du, mein Freund,
kannst nie

alle Briefmarken,
alle Ansichtskarten,
alle Treuebons,

alle Mineralien,
alle Muscheln,
alle Münzen,

alle Starautogramme,
alle Sportposter,
alle Bierdosen,

alle Abziehbilder,
alle Gamsbärte,
alle Klobrillen,

alle Zigarettenschachteln
alle Wanderabzeichen,
alle Designerstühle,

alle Comic-Krawatten,
alle Elvis-Platten,
alle Traumfrauen
bekommen.

Niemals!

Du kannst es,
wenn dir doch
so viel dran liegt,
aber gerne
weiter versuchen ...

Wien, hoffentlich immer wieder

Sehr geehrte Damen und Herren!

Ihrem gemeinunnützigen Sparverein
mit dem Ziele der Anhäufung von
Zeit, Liebe, Genuss, Lachen und Lust
zum Zwecke eines späteren,
durch fette Zinseszinseszinsen
erhöhten Konsums ebendieser Güter
weigere ich mich beizutreten. Punktum!

Herzlichst lachend und lustvoll
ein zeitlos liebender Genießer (e.h.)

Ballade vom Fragen

Wer nur
moniert im Hühnerstall
Besonnenheit und Ruh'?

Wer bringt
den frechsten Gockel
zur Räson?

Wer nimmt
die besten Körner
den fetten Hühnern
und gibt
den armen Küken sie?

Wer hilft
denen, deren Flügel lahmen,
die Sprosse höher
und bleibt selbst
ganz unten hocken
in finstrer Nacht,
in der der Marder
kommen mag?

Wer stellt
im Morgengrau'n
sich ganz nach vorne,
wenn in unbekannter Absicht
der Bauer öffnet
den Verschlag?

Wer schweigt
wachsam,
wenn alle dann
von Zukunft gackern,
zufrieden nach der Fütterung?

Ihm möcht' ich folgen,
ich alter Hahn,
wenn's sein muss denn
bis in die Rupfmaschine.

Anatomisches

Und immer, immer wieder nur
„... gesetzt den Fall ...“!
Das Hirn, unsre einzige Waffe,
das Hirn, unsre ganze Qual.

Paradise lost

Die Unschuld ist verloren
ohne Schuld.

Die Augen:
ständig offen,
zu weit offen,
so wie
bei einem toten Fisch.

Nicht mit der Wimper zucken,
wenn dann und wann
ein Wort die Wahrheit
fällt!

Die Gnade tiefer Leidenschaft
niemals erfahren
und das Gedicht
und das Gefühl
und alles bloß
berauchen und begrinsen.
Den Stilbruch selbst
mangels Idee
und Kraft
zum Stil erhoben.

Das Resümee:
Jeder für sich
die Sensation,
kein Einziger jedoch
ein Wunder.

Die Unschuld ist verloren
ohne Schuld,
der Sündenfall
ganz locker
absolviert.

Alte Meister

Bild
in Öl:

junge Möwe,
schwarz verklebt
am Meeresstrand.

Noch nicht ganz
verendet.

Welcher
alte Meister
mag da wohl
Hand angelegt
haben?

Volksschule

Die Tore sind Narben aus Glas.
Sie brechen nun auf.
Das greise Haus
ist schwer verwundet.
Bunte Hoffnung quillt heraus.
Ein Schulwart hustet
Gift und Galle.
Im Nieselregen wartet
vor Geduld erstarrt
der Ernst des Lebens.

Was sie mit dir anstellen

Sie lassen
dir

alles Gute
ausrichten
zunächst einmal
über RTL,
dann die Haare kämmen
von Hans und Georg Bundy,

dir

ordentlich auf den Zahn fühlen
durchs www,
die Schneid abkaufen
mit Euro,
die Gehirnflüssigkeit
aufspritzen
mit Coca-Cola,
die Augen ausdämpfen
mit Memphis light,
Nike auf die Stirn
tätowieren,

dich also

abhaken,
dann enthaupten.

Sie lassen
dein Rückgrat entfernen
längerfristig
durch Bausparverträge,

den Rest deines Leibes
samt Innereien
aus der Haut fahren
mit Oil of Olaz,
ihn mit Ketchup beschmieren,
in ein Laberl stecken,
und als Big Mac verkaufen
beim betriebsinternen
Beach-Volleyball-Cup
der VW-Werke.

Du

findest sie,
ehrlich gesagt,
ganz o.k.
so.

U-Bahn

Tausend
glasäugige Lebensjunkies
auf Entzug
harren geschüttelt
der Dinge
tief unter
dem Morgengrauen.

Dein Schicksal
vertagt,
Stationenwaise!

Aber dann:
zischend
die Befreiung ...
und ab durch die Mitte.

Graffiti

Zeichen
an der Wand,

geheimnisvoll
zunächst,
Kinder der Nacht,

doch erst einmal
entziffert,
genauso hilflos,
schwachbrüstig
und -sinnig
wie das
Gekritzel

all der
Funktionäre
untertags.

Die Macht des Wortes

Ruf' dem Ozonloch
couragiert
„Sesam, schließe dich!"
entgegen
und verglühe.

Murmle dem Tiger
„Verzeihung schon, mein Bester!"
jovial ins Ohr,
raune grinsend
„Nichts für ungut also!"
dem Eisbären zu,
gurgle dem Hai
„Gnade nun vor Recht, okay?"
beschwichtigend
zwischen die Kiemen
und lass dich zerfetzen.

Sag' streng
der Schwerkraft
„Moment, ein Augenblickchen noch!"
beim Absturz
von der Eigernordwand
und zerschelle.

(Fazit also der Versuche:
Die Macht des Wortes
ist beschränkt
auf die
von Worten selbst
Beschränkten.

Die Wirklichkeit
lebt oder stirbt.
Wir reden.)

Ein neues Buch

Nach jeder Katastrophe
ein neues Haus errichten.

Nach jeder Wanderung
den anderen Weg beginnen,
nach jedem Büchersturm
ein anderes Buch.

Nach jedem Abschied
irgendwann
ein neuer Gruß.

Nach jeder Reise
rasch ein Zelt aufschlagen
und jeden neuen Abend
in der Fremde
ein anderes Buch.

Und immer wieder
und gegen die Gewissheit
lächelnd zu versuchen
höher noch zu fliegen,
als ein Vogel
fliegen kann:
Das allein sind wir
dem Schöpfer schuldig,
das allein
ist Gottesdienst
für den,
der hie und da
zu glauben weiß
und manchmal auch
zu wissen glaubt,
das allein
ermöglicht ihm
ein neues Buch.

Austauschbar

Auszutauschen
wie unpassende Legosteine
die Menschen,
die man selbst nicht braucht
im Augenblick
zum Überleben,
mag praktisch scheinen,
hat leider aber
eine Nebenwirkung:
Man selbst mutiert
zum Legostein.

Erlösung und Verdammnis

Das Paradies
auf Erden?
Ein Wort finden,
das mit einem Schlag
all die Missverständnisse
klärt.

Die Hölle
auf Erden?
Weiter reden,
als ob nichts wäre.

Freigänger

In Milliarden
grauen Zellen

inhaftiert

Milliarden
bunte Gedanken.

Fabelhaft!

Ausgang
schriftlich bloß

vereinzelt.

Von manchem Tag

Rasierschaum im Gesicht,
Erlagscheine im Postfach,
ach!

Nachrichten im Radio,
soso!

Aus den Augen
viele Ziele.
Von manchem Tag
bleibt kein Gedicht.

Wo wir sind

Seltsam.

Die einen,
die löscht der Tod sanft,
wie die Wellen der Flut
eine Fußspur im Sand.

Die anderen
werden zerschmettert von ihm,
da, wo sie sind,
mit gewaltigem Donnerschlag.

Seltsam.

Wie unterschiedlich
auch die Wege,
auf denen wir Menschen
vor ihm flüchten.

Physikalische Einsichten
(festgehalten am 12. Mai 2000, exakt um 21 Uhr 43)

Die Sonne steht
nicht zur Debatte,
der Mond
grinst kalt und falsch
und tot.
Die Welt
verdreht sich
unter uns
und reißt uns mit
in ihren Strudel.
Im Wirbeltanz
bleibt nichts im Lot.
Die Fliehkraft
schießt in jedes Hirn,
die Schwerkraft
nistet im Gebein.
Kein Fixstern
nah genug,

kein Wunder

das Gefühl
von Schwindel
in der Nacht
allein.

Schicksal

Der selbe Regen
prasselt
auf uns alle nieder,
doch jeden treffen
andere Tropfen.

Cocktail-Bar

Ein seltsamer Cocktail,
den der Barkeeper mixt:
blutrot und bitter teils,
teils aber
schneeweiß und süß.
Der Gast ist König
und Bettler zugleich
in der Bar
ohne Tische und Stühle.
Die Jukebox spielt Stille
so laut,
dass man schweigt
und sich zusieht
beim Zusehen.
Mancher nippt sorgsam
am Kristallrand des Bechers,
manche spielt achtlos
mit dem Feuer aus Eis
im Zwielicht
der Kerzen aus Stein.
Und der Barkeeper
ist zugleich überall
und bestellt selbst
und mixt selbst
den selben Cocktail
für all seine Gäste,
blutrot und schneeweiß.
Die Elfenbeinuhr
an der Spiegelwand
zeigt keine Regung
und geht doch
genau
in der Bar
ohne Fenster und Türen.

Silvester

Und du
hast wieder überlebt
ein Jahr
im Meer der Zeit.
Manch andre
sind gestorben ringsumher
an Krebs und Aids
und Alkohol,
in Auto, Flugzeug
oder Bett,
im Drogenrausch,
im Bombenhagel
oder ganz schlicht
im Altersheim.

Doch du
hast wieder überlebt
ein Jahr,
gewonnen in der Lotterie,
du warst erfolgreich
in Familie und Beruf.

Und du
ziehst dir
den besten Anzug an
und gehst beruhigt
zum großen Fest
und prostest dort
der Zukunft zu
und angeheitert schon
den wirrsten Plänen.

Zuhause träumst du dann
vom weißen Strand,
vom fernen Ozean.

Damit dein Hund gähnt

Hockst du
im Cafe
mit gekrümmtem Rücken
und liest die Zeitung
ohne Ergebnis,
dann richte dich auf
und wirf
einen Blick
in die
Wirklichkeit
und so viel
Trinkgeld
auf den Tisch,
dass die Kellnerin
lächelt,
dein Nachbar
dich grüßt
beim Abgang
und dein Hund
laut gähnt.
Mehr kannst du
im Augenblick
sicher nicht tun.

Nach der Zeit

Von diesen sieben Verschworenen

Die Überheblichkeit dozierte überlegen,
sie sei ja eo ipso, also gleichsam selbstverständlich
ein Resultat latenten Hasses.

Der Hass schrie laut,
er sei ja wohl, verdammt noch mal,
ein logisches Produkt des Neids.

Der Neid gab flüsternd zu bedenken,
er sei ja selbst doch völlig schuldlos,
die Folge quasi nur der Habgier.

Die Habgier schwor mit großen Gesten,
sie sei ja bloß
der legitime Schutz vor Tatenlosigkeit.

Die Tatenlosigkeit, die winkte zaghaft ab,
sie sei ja, mit Verlaub,
bedingt durch Trägheit stets.

Die Trägheit gähnte herzhaft,
sie sei ja offenbar
so ganz und gar ein Kind der Trauer.

Die Trauer seufzte leise,
sie sei für jedermann ja klar ersichtlich
ein Wechselbalg enttäuschter Liebe.

Die Liebe lächelte
mit sanftem Nicken
die andren an.

Sie wurde folglich
einstimmig
von diesen sieben Verschworenen
verbannt ins Reich
der schmutzigen Gedanken.

Bilanz

Die Zeit
heilt alle Wunder.
Der Glanz in deinen Augen
war doch nur Givenchy,
der Schatzplan,
dem ich folgte,
nur ein Prospekt
von vielen
an der Tür.
Ein Rabe fliegt vorbei
und ist verschwunden.
Die Zeit
heilt alle Wunder.

Der Bote

Und weißt du noch?
Der tote Fuchs am Wegesrand,
den ich, vom Rad gestiegen,
im Hochgefühl des alten Glücks
als das bloß sah,
was er mir schien:
als Phänomen
des Lebens rund um uns?

Du weißt jetzt sicher,
was er war, der tote Fuchs
am Wegesrand:
ein Ende
all der Schlauheit,
die uns als Kindern schon
gepredigt wurde,
ein Probeuntergang
der Welt im Stillen,
eingerahmt
von mildem Grün,
ein träger Bote
dieses Abschieds
von dem, was uns zusammenhielt.

Du weißt es heute,
so wie ich.
Hast du ihn etwa
damals gleich verstanden,
den stummen Boten
unsres Jüngsten Tages?
Als wir dann
weiterfuhren,
fiel lang
kein Wort.

Im Sommer meiner Scheidung

Hochgeschreckt
aus einem Traum
aus Lärm und Liebe,
hinein in heiße Starre,
dem Angstschweiß
Stirne bietend
zu allem Überfluss.

Mein Vater fällt
den Kirschbaum meiner Jugend
draußen
im zähen Takt des Weiterlebens.
Durchs Fenster seh' ich
sein Gesicht.

Der Ring
tanzt Tango ohne Kraft
am dunklen Tisch
und jeder Schlag der Axt
tut weh,
dem Baum und mir,
und sagt doch,
dass der Traum,
durch den ich wandle,
noch nicht
zu Ende ist.

Abrechnung

Es stimmt:

Das Leben
ist ein Spiel.

Du hattest
Recht.

Aber:

Menschen
sind kein Spielzeug.

Daran
wirst du sterben,

irgendwann,

wie ich
an meinen
Niederlagen.

Lektion

Viel näher
als der Freundschaft
ist die Liebe
doch dem Hass.
Die Lektion
hast du wohl
auch gelernt,
vorausgesetzt,
du hast
geliebt.

Hören und sehen

Wo sich
die Wege kreuzen,
in den dunklen Gründen,
will ich dir
endlich ehrlich sagen,
wie mir das Leben schien,
mit andren Worten
als den meinen,
sprachlos
wie hier
und ohne Klang,
doch leicht
und schlicht
und einfach
wahr.

So wahr,
dass uns
ein Licht aufgeht,

so wahr,
dass Gott uns
helfen muss.

Paarwaise

Erst Hand in Hand,
dann Arm in Arm,
dann nebenher,
dann hinterher,
dann gar nicht mehr.

Diagnose

Zentnerschwer
ruht tief in meiner Wunde
wie eine schwarze Perle
dein Verrat.

Abschied von Afrika
(und von D.)

Im weißen Sand Tunesiens
liegt eine Kinderuhr begraben.

Sie wird die Stunde zeigen,
in der wir
bilanzieren werden
nach wüstem Kampf,
du Greis,
ich lange tot.

Sie wird die Stunde zeigen
im heißen Sand
den Strandameisen,

und es wird nie
zu spät sein.

Ruinen

Das Übrige:
ein Häufchen Elend.
Nicht
der Rede wert.

Nach der Zeit

Was bleibt:
Runzeln und Falten,
Wunden und Narben,
Bedenken und Vorbehalte,
Vorurteile und Befangenheiten,

Fragen und Fragen

und Fragen

und

Erinnerungen an die Liebe.

Pseudo

Der
ohne Vertrauen
bestimmt
peinlich genau
mit der Stoppuhr
im Kopf
den Zerfallswert
der Liebe.

Seismologische Prognose

Das Epizentrum
meines ersten Bebens
liegt friedlich schlafend
an meiner
Peripherie.
Behutsam bereite ich
meine Evakuierung vor.
Sie gelingt!
Eines ist aber
zu befürchten:
Stärke 10
in der
nach oben offenen
Richterskala
wird da wohl
noch überschritten!

Expertise

Liebe,
einzig unberechenbares
Naturgesetz,

Liebe,
Ursache und Ziel zugleich
des Lebens hier,

Liebe,
Antwort ohne Frage,
Frage ohne Antwort,

Liebe,
unter tausend Masken
kaum jemals zu erkennen,

Liebe,
selbst oft Maske.
(Und das ist dann
der so genannte Doppeltrick.)

Liebe

Mittendrin
im Überlebenskampf
sagt einer:
„Lass gut sein!“
und stirbt
für dich.

Du

Und dann

unter Wasser
oder unter lauter Fremden
oder unter einem fürchterlichen Verdacht

oder am Gipfel der Rax
oder am überfüllten Bahnhof
oder am menschenleeren Strand

oder auf der defekten Rolltreppe
oder im feuchten Gras
oder im ausverkauften Stadion

oder im Schatten des Nussbaumes
oder im Taumel des Erfolges
oder im Wartezimmer des Zahnarztes

oder im verschneiten Jungwald
oder im Windfang fröstelnd
oder im Zug in die Ferne

oder im warmen Sommerregen
oder am schlammigen Flussufer
oder auf schwankenden Planken

oder am federnden Sprungbrett
oder am staubigen Dachboden
oder am verwachsenen Pfad der Jugend

oder am Fischmarkt beim Feilschen
oder am alten Friedhof
oder auf der Flucht in der Menge

oder in der verspiegelten Kraftkammer
oder im desolaten Hotelzimmer
oder unter irgendeinem Vorwand

oder auf der knarrenden Bank der Bibliothek
oder in der Hitze der Diskussion
oder im peinlichen Schweigen um Mitternacht

oder vor Sonnenaufgang müde
oder im furchtbarsten Herbstgewitter
oder im wüstesten Vollrausch beim Kartenspiel

oder im Bett

neben dir

doch einfach
lächeln müssen.

Der Lauf der Dinge

Ein Lichtstrahl,
in dem weißer Staub tanzt,
eine Silberkugel
in rasender Fahrt
in gewundener Bahn,
die Seiten dieses Buches,
die sanft der Luftzug
ungelesen wendet,
der helle Klang
zweier Gläser,
die sich berühren,
zufällig wie
der ferne Mond
den fernen Himmel,
ein Ausritt
durch das wilde Land
der Fantasie
mit dir.

Durch unsere Wüste

Keine Idee,
wo Treibsand lauert
auf uns,
keinen Schimmer,
aus welcher Richtung da heiß
der Gegenwind weht.

Keine Ahnung,
wann die Sonne
untergehen mag.

Keinen Tau,
wie lange noch
bergauf,
keinen Einfall,
wie weit
zur Oase.

Verloren,
so wie jedes Sandkorn hier,
aber deine Hand
weiter
fest in meiner.

Was ich will
(für Petra)

Den Himmel berühren,
hier,
in deinem Gesicht,
nicht mehr.
Uns Sterne
pflücken.
Wir,
mehr nicht.

Und leben hier,
pur,
und den Himmel spüren,
nur einfach so.
Im Sonnenlicht
wühlen.
Mit dir,
so einfach nur.

Über den Autor

Werner Vogel, geboren 1964 in Wien,
Studium der Germanistik und Geschichte,
ab 1989 Lehrer an Wiener Gymnasien,
Co-Autor mehrerer Schulbücher für den Deutschunterricht;

seit 1980 literarisch tätig,
Veröffentlichungen in zahlreichen Anthologien
und Literaturzeitschriften, in Tageszeitungen und im Hörfunk.

Bisher erschienene Werke des Autors:

„Erinnerungen an morgen (Gedichte)", Edition Innsalz, Aspach 1997

„Kampf um Bronchienstein (Satirisches aus dem Lande der begrenzten Unmöglichkeiten)", Edition Doppelpunkt, Wien 2001

Inhaltsverzeichnis

Kapitel I: Ansichtssachen

Kapitel II: Zur Lage der Nation

Kapitel III: Nach der Zeit

Dankbar schweigt

ein leeres Blatt.